KB156917

강영수 시선집 · 2

해녀와 불턱

강영수 시선집 · 2

해녀와 불턱

강영수 지음

시인의
말

《우도와 해녀》에 이은 두 번째 시선집입니다.

전작 시집 중 《해녀는 울지 않는다》(2019), 《해녀의 그 길》(2020), 《해녀의 기도》(2022), 《바당 없으면 못 살주》(2023)에서 82편을 추려 묶었습니다.

발표한 시에서 오탈자를 바로잡고 어색한 표현과 행간을 첨삭했음을 밝힙니다.

책이 출간되기까지 애써 주신 한그루 관계자들에게 진심으로 감사드리며 또한 책을 낼 때마다 관심과 도움을 주시는 선후배들에게도 진심으로 고맙다는 인사를 올립니다.

- 2023년 가을

차례

제1부 ———————————————

해니는 웃지 않는다

2019

자연

자연은 잘난 체하지 않는다
자연은 불평하지 않는다
자연은 인내하고 침묵한다

자연은 거짓말하지 않는다
자연은 치장하지 않는다
자연은 숭고하고 정직하다

자연은 자신을 손상하지 않는다
자연은 말없이 베풀고 희생한다
자연은 모든 이에게 공평하다

그래서 자연은
웅장하고 위대하다
자연은 우리의 영원한 스승

그 섬 3

외로우니 섬이다
고독해서 섬이다
쓸쓸해서 섬이다
허전해서 섬이다

침묵하니 섬이다
바람 타서 섬이다
파도치니 섬이다

오가지 못해 섬이다
기다리지 않아 섬이다
바다의 산이어서 섬이다

갯가 인심 섬이다
어부 인심 섬이다
해녀 인심 섬이다

물질

1
홍텡이서 배운 물질
굿밭디서 배운 물질
지픈디서 배운 물질
숨춤으멍 배운 물질

집안살림 살린 물질

2
가난허난 배운 물질
살지못헨 배운 물질
배고프난 배운 물질
살젠허연 배운 물질

우리가족 살린 물질

홀로된 노옹

텔레비전에서 백수의 노옹
두 지어미를 먼저 보내고
매일 묘소를 찾아
내 왔소 내 왔소 하신다

심란할 때 더 생각난다며
여기 올 날 얼마 남지 않았다며
꿈에라도 한번 봤으면 하신다

평소에 화투패 떼기 좋아했다며
묘소 곁에 화투 묻어 놓고
화투패 떼고 있으라며
눈시울 붉히신다

자손들 각자 나무가 아니라
숲으로 살았으면 좋겠다며
덕담도 하신다

요양원 어머니를 찾아뵐 때마다
너희 아버지는 나보다 먼저 가서 좋겠다
넋두리하시는 어머니 말씀에
아버지가 생각난다

해녀의 봄잠

물질 다녀온 아내
세상모르고 잔다

검게 그을린 얼굴
깊이 파인 수경테
불어 터진 입술
귀에선 진물이

숨은
코로 쉬는지 입으로 쉬는지
물속에서 참았던 숨 토해내듯
코와 입에서
드르룽 컥
드르르르 룽 컥컥

저승길인지
이승인지
무아지경

해녀의 낙관

농익은 해녀일수록
얼굴엔
수경테 흔적이
깊다

해녀는 울지 않는다

해녀로 살 줄 누가 알았으랴

한 치 앞을 모르는 짙푸른 바닷속
목숨 걸고 뛰어들 땐
아픔도 서러움도 눈물도
바닷물에 씻는다

살 팔자면 살 것이고
죽을 운명이면 죽을 것이니
목숨에 연연하지 않는
해녀

가난해서 울고 싶었다
배고파서 울고 싶었다
시린 손발 울고 싶었다
해녀여서 울고 싶었다

수경 속에 고인 눈물
바닷물에 쏟을 눈물
발등에 떨군 눈물
바닷물에 씻길 눈물

해녀 팔자 뒤웅박 팔자
배부르면 울어도
배고프면 울지 않는
물속 인생

해녀

긴장

설한에
물질 간 아내 마중
늦게 날 땐

손발은 시린데
이마엔 땀이 송골송골

기다립니다

물질 간 지어미를 기다리는 것은

얼굴 보고 싶어도 아닙니다
사랑해서 기다리는 것도 아닙니다
연민 때문도 아닙니다
밥 같이 먹고 싶어 기다리는 것도 아닙니다
해산물을 많이 잡아 올 거라서도 아닙니다
돈 많이 벌어 올 거라서도 아닙니다

숨 쉬는 아내가 보고 싶어 기다립니다

미안합니다

물질하는 아내에게 미안한 것은

명품 가방을 못 사 줘서도 아닙니다
호의호식 못 시켜 줘서도 아닙니다
고달프게 살게 해서도 아닙니다
돈이 없어서도 아닙니다
투박한 말투 때문에 미안한 것도 아닙니다
살갑게 대해 주지 못해서도 아닙니다
마음을 몰라줘서도 아닙니다
비위를 못 맞춰 줘서도 아닙니다

해녀로 살게 해서 미안합니다

불안합니다

물질 간 아내가 불안한 것은

변덕스러운 날씨에 불안합니다
거친 파도에 불안합니다
잔잔한 물결에도 불안합니다
망망대해 작업에 불안합니다
물질 욕심에 불안합니다
돈벌이에 몰린 해녀여서 불안합니다

턱밑 숨비소리 가물가물 불안합니다

사랑합니다

물질하는 지어미를 사랑하는 것은

얼굴이 예뻐서도 아닙니다
마음이 고와서도 아닙니다
같이 살아 줘서도 아닙니다
금실이 좋아서도 아닙니다
모진 고생 위로하기 위해서도 아닙니다
사랑에 겨워 사랑하는 것도 아닙니다

밥상머리 마주 볼 수 있어 사랑합니다

숨

숨 중에
필사적인 숨
들숨 날숨

물숨

생존

몸은 바닷물에 흔들리고
마음은 풍랑에 흔들리고
눈은 욕심에 흔들리고
손발은 추위에 흔들리고
정신은 용왕에 흔들리고
영혼은 물숨에 흔들리고
물숨은 해산물에 흔들리고

해녀는 바다에 기대어 산다

심성

바다가 웃으면 웃고
바다가 울면 울고
바다가 슬퍼하면 서러워하고
바다가 고요하면 안락하고
바다가 소리치면 아파하고
바다가 베풀면 너그럽고

바다를 빼닮은 심성
해녀

헛물질

고단한 물질 헛무레질

골백번 숨비소리
하늘 위로 궁둥이 매쪽
물 위로 대맹이 삐쭉

물숨에 죽고 산다
날숨이면 소라 잡고
들숨이면 목숨 걸고

물건 많이 잡는 날
자식 생각 웬수 생각
콧노래도 흥얼흥얼

물건 적게 잡는 날
천근만근 서푼벌이
팔자타령 신세한탄

빈손이라 헛물질
천국인지 지옥인지
돈이 뭔지 삶이 뭔지

독헌 물살 슬픈 인생
해녀 팔자 상팔자라
헛물질로 살아간다

다문화

우도엔
이름 모를 꽃들이 이곳저곳
어느 것 하나
소홀할 게 없다

습관

백 번 읽고
생각하고

천 번 보고
명상하고

한 번 말하고
실천하고

제2부 —————————————————

해녀의 그 길

2020

염치

아내는 설한에 물질 가고

나는
마중 갈 시간 기다리며
안방 책상에 앉아 책을 보며
라디오 클래식 삼매경에 있었다

아내는 일찍 작업 마쳐 집에 와
고단한 모습으로
방문을 슬그머니 열어 보고는

문을 툭 닫으며
신선놀음이군 하는 것 같았다

긴장되고 당황스러운
염치

광대코지

우도 1번지인 광대코지

동비양東飛陽* 끝자락 언덕배기
기암 비렁* 풍광이 비경인 곳
툭툭 튀어나온 바위가
광대뼈를 형상한 지명

광대코지에서 바라보는
사방팔방 풍광은
한 폭의 풍경화

한라산으로 저무는 저녁노을은
섬이 반도처럼 보이는 곳

역사 유적지 봉수대에서 맞이하는
찬란한 일출은 신령스러운 곳

야영객들도 이곳에서 소원을 빌고

기氣를 받고 가는

광대코지

*동비양東飛陽: 우도 / 서비양西飛揚: 한림.

*비렁: 바위가 엉성한 경사진 곳.

숨비소리

"어어~엉~휘이~잇"

바닷속 참았던 숨 턱밑 끝자락
바닥을 치고 올라
텅한 폐부에 숨 들이마시며
뱉어내는 혼의 소리……

저승 언저리에서 이승을 갈구하는 소리

피를 토하는 듯한 절규의 소리

가슴이 미어지는 소리

정신이 혼미한 소리

삶이 고달픈 소리

마음이 애달픈 소리

지아비를 원망하는 소리

해녀의 그 길

그 길은
춥고 험한 길인 줄 알면서도
먹고사는 길이기에 가는 길

그 길은
저승길인 줄 알면서도
이승을 살기 위해 가는 길

그 길은
물숨으로 사는 길이기에
굶지 않을 길이기에 가는 길

그 길은
사시장철 가는 길
망망대해 돈 따라 가는 길

그 길은

덧없는 해녀 인생

더,

갈 곳 없어 가는 길

파도 소리에 든 잠

해녀가 깊은 잠에서 깨는 것은

밤잠 설쳐서도 아니다
잠을 충분히 자서도 아니다
몸이 아파서도 아니다
배가 고파서도 아니다
가족 걱정돼서도 아니다

파도 소리에 든 잠
파도 소리가 들리지 않아

잠,
깬다

해녀의 배짱

해녀의 물질 작업
물때 따라
물살 따라
기량 따라
썰물 밀물 가늠하고
빨리 나는 해녀
늦게 나는 해녀

유다르게 늦게 ㅣ는 해녀
혼자 그러다 위험하다 했더니
왈,
위험 생각하면 물질 못 한다며
죽을 팔자면 죽을 것이고
살 팔자면 살 것을
하늘의 운명으로 받아들인다는
배짱

바다 심성 해녀 심성

건드리지 않으면 호수 같은 바다
바람에 출렁이고
속 물살에 울렁이고
건드리면 일어서고
격해지면 구부리고
부딪치면 덮치는 파도
제풀에 꺾인다
뒤돌아보지도 않는다
앞서지도 않는다
누구를 원망하지도 않는다
자연에 순응한다

바다 심성
해녀 심성

희생번트

식솔 위해
바쳐진
이
한
몸

해녀

성게 원고

기성 작가로 치면
오십오 년 해녀 경륜의 지어미

2019년 스무하루의 성게 원고
개수로는 이백 자 원고지 48장 남짓

하루 초고 작업 서너 시간
바닷속 저승길 언저리 골백번 유영
그렇게 잡은 초고 성게는
하루 평균 원고지 두서너 장 남짓
둘이서 서너 시간 쪼그려 앉아
까고, 파내고, 고르고, 잡티 제거……
대여섯 번 넘는 손길

글 쓰는 작가들의
초고 원고에 퇴고 교정 교열 첨삭과 같다

고된 작업이지만 탈고하고
원고료를 산술할 땐
해녀만의
희
로
애
락

가을 1

내 나이 종심從心
가을쯤이다
봄꽃이 곱다지만
가을 단풍이
더
아름답게 보인다

이렇게 살 수 있다면

흙처럼 정직하게
바다처럼 변화무쌍하게
태양처럼 열정적으로
샘물처럼 깨끗하게
숲처럼 아우르며
구름처럼 떠돌이로
바람처럼 난봉꾼으로
돈처럼 더럽게
나무처럼 굳건히게
노을처럼 황홀하게

삶이 별것이더냐

손맛

뚝딱뚝딱
엄마의 맨손 맛
이 세상 맛

쓱싹쓱싹
아내의 양념 손맛
우리 집 맛

종심의 나이

동갑내기들과 자드락길을 걷듯 한 여행, 여행이라기보
다 잊지 못할 유치한 옛이야기에 즐거웠다 마음은 청춘이
고 나이는 장수를 바라보는데 몸의 균형은 나이에 감사하
다는 인사인 듯 앞으로 굽어졌고 걸음걸이는 비탈진 자드
락길을 걷듯 불안하고 팔다리는 켜켜이 쌓는 데만 소진돼
신산을 겪었고 귀는 나이를 표상하듯 어두워져 가고 눈은
돋보기가 아니면 가물거리고 이빨은 심거나 보조이빨이
고 기억력은 언제던가 다시 묻게 되고 청춘 때 환갑까지만
살았으며 했던 임계짐을 넘은 지 십여 년 남들 앞에서 못
할 유치한 말이 왜 그리 정겨운지 살아갈 날보다 살아 있
을 날을 염려하는 종심의 나이 망백^{望百}을 바라지 않는다
면서 더도 말고 덜도 말고 십여 년만 살았으면 하는 '문환'
나이 들어 마누라에게 미안해하는 철든 '용남' 백수^{白壽}를
살겠다 하고 이젠 초로인생^{草露人生}이란 '용균' 십여 년 살
인생 내 맘대로 하겠다고 마누라에게 강짜 부리는 '내환'
나이 드는 줄 모르고 들썩이는 '길환' 불러도 불러도 다시
부를 유치한 이름 소싯적 유치한 옛이야기 하러 다시 여행
가자 친구들아……

세월

1
오지 말래도 오고
가지 말래도 가고
천천히 가자 해도
가는 것

2
시간만 봐왔던 세월
나이 들어
착각
착각
……
초침 소리 영롱하다

부부 키 재기

아내와

티격태격

여름 소낙비

표절

화사한 날
그림자는
나를 따라 한다

인간은 후안무치

하늘은 높고
땅은 넓고
바다는 깊고
산은 고즈넉하고
지구는 말이 없는데

사람들은 요동친다

여백과 공간

숲과 나무
하늘과 땅
명상과 기도

여유와 느림
완성과 미완성
자연과 여명

여생

온 길로
돌아갈 수 없다
후회 없는 삶을 살자

부부

풋과일은
기다려야 익는다

제3부 —————————————————————————

해녀의 기도

2022

다 놓고 갈 건데

잠깐 머물 먼지 같은
미물
팔 것 다 팔고
부술 것 다 부수고
파헤칠 것 다 파헤치는구나
당대만 살고 말자는데
이 일을 어쩌랴

죽을 땐 다 놓고 갈 건데

흰 섬

악성
동식물 외래종은
재래종을 잡아먹고
생태계를 점령하고

못된
난뎃사람들은
토박이 민심을 교란하고
전통과 문화를 어지럽히고

결국
외래종과 난뎃사람들
천국으로
재래종도 토종도 동화돼

이 일을 어쩌랴

강태공의 미끼

낚시꾼이 던진
밑밥에 유혹돼
낚싯줄 미끼를 덥석 삼킨
물고기는

낚시꾼이 끄는 대로
가야 할 신세

세상에 공짜는 없다

돈맛

똥개든
진돗개든

고기 맛에

주인을 몰라본다

그래도

하늘을 팔더라도
　　　　땅은 팔지 말아라
바다는 팔더라도
　　　　섬은 팔지 말아라
가난을 팔더라도
　　　　자존은 팔지 말아라
환경은 팔더라도
　　　　자연은 팔지 말아라
노력은 팔더라도
　　　　몸은 팔지 말아라
머리는 팔더라도
　　　　가치는 팔지 말아라

역설

없을 때도 살았는데, 있으니 더 어렵다 하고
없을 때 후한 인심, 있으니 더 야박하고

자연이 좋다면서, 더 허물고 부수고
청정을 부르짖으며, 더 더럽히고

옛것이 좋다면서, 전통은 내팽개치고
예술이 좋다면서, 옛 문화는 구닥다리라 하고

옛정이 그립다면서, 마음의 문은 닫혀 있고
그때가 그립다며, 그 시절은 아니라 하고

반대는 하면서도, 대안은 없고
내 탓이면서, 남의 탓이라 하고

나보다 잘나고 잘난 체하면, 못 봐 주겠다 하고
앞에선 알랑방귀, 뒤에선 그놈 저놈

학력은 높은데, 도덕과 상식은 낮아지고
지식은 높은데, 지혜는 낮고

책은 많은데, 읽을 책이 없다 하고
부모는 읽지 않으면서, 자식들에겐 책 읽으라 하고

부모는 게으르면서, 자식들에겐 바지런해야 한다 하고
과거가 좋았다면서, 미래는 나 몰라라 하고

먹을거리는 많은데도, 먹을 게 별로라 하고
비만을 걱정하며, 건강식을 찾고

벙어리 섬

급박한 상황
발만 동동거린 지
며칠

바다엔 풍랑주의보
뭍엔 강풍주의보
섬엔 사람주의보

육지는 눈앞인데
하늘 처다보고
바다 바라보고

무정한 날씨
가로지른 해협
창살도 벽도 없는
말 없는 섬

연락선도 끄덕이고

불어 대는 바람 따라
내
마음도 현란하다

저러다

ᄌᆞ문* 전날

아내는 감기 기운이 있었다
감기약을 연거푸 먹고
잠자리에 들면서
잠이 들거든
확인 여부 부탁

노심초사
한밤중
숨소리 듣고 싶어
살며시 방문을 열었더니
숨소리는 들리지 않고

숨비소리
잠꼬대에
무아지경

저러다……

*조문: 해경, 금채했던 해산물을 캐기 시작하는 날.

반항

물 힘의 한계를
초월한 지어미
영양제 링거를 맞으려 하기에

건강한 몸엔
해롭다
했더니

매의 눈으로
물질해 봤느냐는
말엔

먹먹했다

해녀의 기도

바다 신이시여

오늘 하루 이승을
염원하기보다
저승길이
언제일지 모르나
죽는 날까지

"물질허게 허여 주시옵소서"

휴일

공직자는 달력을
근로자는 날씨를
농부는 계절을
어부는 바다를

해녀는 파도를 보고

쉰다
쉬어

해녀의 사계

눈이 부르틀 땐 봄

입술이 부르틀 땐 여름

마음이 부르틀 땐 가을

손발이 부르틀 땐 겨울

불턱

돌 바람 해녀가
오롯한 곳

역사 문화 전통의
가치가 있는 곳

할머니 어머니 딸
대를 잇는 곳

상군 중군 하군
서열이 있는 곳

테왁 눈곽 소중이
작업도구가 있는 곳

물찌 물때 물살
작업을 결정하는 곳

베풂 나눔 배려
게석이 있는 곳

삶 죽음 생존
지혜가 있는 곳

소리 갯내 연기
영혼이 공생하는 곳

해녀들만의 영역

물질 못 하는 병

감기 몸살로
물질을 쉬라 했더니

왈,

"기침"

감기가 아니니
괜찮다는 아내

나는 멍했다

오늘껏

겨울 날씨치곤
며칠 포근한 날씨

해녀들은
체력의 한계를 견디다 못해
입술이 부풀어 터진 지
며칠

아내에게
쉬어야 한다 했더니

이번 물찐
오
늘
뿐
인
데

집을 나선다

세 친구

첫 번째 친구
죽으면 남이 되는 친구
재산

두 번째 친구
죽으면 장례 치러 주는 친구
가족

세 번째 친구
죽어서도 같이 가는 친구
선행

빈 항아리

시집 몇 권에
남들은
나더러
시인이라 하는데
아니다
아니다
항아리
소리가
시인은
아니라 한다

민달팽이

사람들은 대궐 같은
집도
성에 차지 않아
난린데

너는
어찌
집 한 채 없이 살면서
평생을 불평 없이
행복하게 사니

처음

93세 해녀 할망
갯가에서 다쳐
병원에 문병 갔더니
태어나 처음 병원 왔다며

살다 보니
병원이 이렇게 좋고
편힌 줄 몰랐디던
내 당숙모
코로나19의 여파를 넘기지 못하고
95세에 영면하셨다

알츠하이머

병 중에 암울한 병

아픔도 괴로움도
기쁨도 슬픔도
사랑도 미움도
이성도 감성도
시간 개념
공간 개념
과거를 잃고
현재도 잃고
나를 모르고
너를 모르고
우리를 모르고
죽음이 뭔지
삶이 뭔지
죽기 전 찾아올까 봐 두렵다
공포의 알츠하이머
장수를 바랄 게 아니라

나를 알고

너를

알

때

.........?

암창개 온 내 어머니

갓 스물에
암창개* 온 내 어머니
자식 셋 둔 늦깎이 지아비 공부 바라지로
병든 몸 추스를 겨를 없었던 내 어머니
천더기가 된 자식 보듬지 못하고
물질로 얻은 병 사경을 헤매다
동아줄 부여잡은 신앙생활
병 고쳐 돌아오니
시집살이 쫓겨난 내 어머니
이 집 저 집 쪽방 굴묵*살이
자식 잘되는 것만이 희망이었던 내 어머니
산수傘壽에
자식 곁이 호사다 호사다
고맙다 고맙다 하셨던 내 어머니
망백望百에
요양원 입소에 눈시울 붉히셨던 내 어머니
백수白壽가 코앞인데
생명줄마저도 뜻대로 안 된다며

오래 살아 큰일이다 큰일이다 넋두리하셨던 내 어머니

부여잡은 동아줄 놓으려는데
병원 전전하며 가쁜 숨 몰아쉬어야 했던 내 어머니
코노나19가 웬 말이냐
콧줄 연명이 웬 말이냐 영양제도 싫었다
기다리다
기나리다
임종 지키는 이 없이
아흔다섯에
명줄 놓으신
내 어머니

*암창개: 신랑 없이 치른 혼례. (혼례일에 신랑이 징용이나 군대에서 돌아오지
  못했을 경우)
*굴묵: 제주의 전통 난방시설.

어머니

꽃은 지고 없는데

왜,
그
꽃이
보고 싶고
그리운지……

가감승제의 삶

좋은 것은 더하고

나쁜 것은 빼고

기쁜 것은 곱하고

슬픈 것은 나누고

황혼

노을이 아름답다

작열한 뙤약볕에

잘 익었다

제4부 ————————————

바람 없으면 못 살주

2023

군더더기

섬은
하늘이 내린
바다 위의
천태만상

사람들은
덕지덕지
서부자은
붙인다

이 일을 어쩌랴

죽음의 소리

콘크리트 붓는 소리

바위 깨는 소리

말뚝 박는 소리

섬이 몸을 판다

섬은
몸을 팔고

섬사람은
포주로 거들먹이고

섬이
선 닮음이 사라져 간다

섬도 울고 포주들도 울 거다

우도 ㅂ름*

1
동쪽에서 부는 ㅂ름 샛ㅂ름*
서쪽에서 부는 ㅂ름 갈ㅂ름*
남쪽에서 부는 ㅂ름 마ㅍ름*
북쪽에서 부는 ㅂ름 하니ㅂ름*

동서남북 부는 ㅂ름 도깽이ㅂ름*

2
봄에 부는 ㅂ름
                끈적끈적 뼛속 파고드는 마ㅍ름
여름에 부는 ㅂ름
                산들산들 산내기ㅂ름 갈ㅂ름
가을에 부는 ㅂ름
                지긋지긋 지새ㅂ름 샛ㅂ름
겨울에 부는 ㅂ름
                보실보실 양반ㅂ름 하니ㅂ름

사시장철 부는 ᄇ름

　　변화무쌍 바당ᄇ름 갯ᄇ름*

*ᄇ름: 바람.

*샛ᄇ름: 동풍(오래 불어서 지새바람, 샛바람).

*갈ᄇ름: 서풍(갈갈해서 갈바람).

*마ᄇ름: 남풍(장마철에 부는 마파람).

*하니ᄇ름: 북풍(양반바람, 하늬바람).

*도깽이ᄇ름: 회오리바람.

*갯ᄇ름: 갯바람.

바당 없으면 못 살주

90을 코앞에 둔 해녀 할망
이제 물질 쉴 때가 되지 않았으냔 말에
젊었을 적엔 먹고살기 위해 죽자 살자 물질했다
요즘은 쉬는 물질한다며
돈 벌러 가는 게 아니라
운동 삼아 간다는 해녀 할망
바다에 갔다 오면 기분도 좋고
움직이지 못했던 다리도 부드럽다
바다가 없으면 못 산다는 해녀 할망
바다 덕에 산다며
늙는 게 서러운 게 아니라
물질 못하는 것이 더 서럽다는 해녀 할망
난 글도 모르지만
자식들 대학 시켰으니 성공한 인생이란다
남편도 자식도 바다가 데려갔다며
그래도 바다가 없으면 못 산다는
눈시울 붉히시는
해녀 할망

어느 해녀의 푸념

우도 해녀들은

평생 물질로

명품 옷 한번 못 입어보고

명품 신발 한번 못 신어보고

명품 가방 한번 못 들어보고

고급 식당에서 맛있는 음식 먹어 본 적 없고

돈 벌면 자식들 학비 대고

물질 끝나면 병원 가기 바쁘고

가정 살림 꾸리기 바쁘고

며칠 쉬어도 쉬는 게 아니다

이런

순환이 반복되는

삶

그러다 죽으면 알아주는 이 없는

해녀 인생사

여자는 지식 해녀는 지혜

여자로선 너나 나나
삶은 백과 흑

여자는 지식의 삶을
해녀는 지혜의 삶을

여자는 생존의 삶을
해녀는 생사의 삶을

여자는 이승이 일터
해녀는 바닷속 저승 언저리가 일터

여자의 몸에선 땀내가
해녀의 몸에선 단내가

여자는 호흡의 노동
해녀는 무호흡의 노동

여자는 밥심의 노동
해녀는 곯은 배로 물심의 노동

여자는 몰아 쉬는 한숨 소리
해녀는 턱밑 혼의 숨비소리

여자는 바닥을 차 허공을
해녀는 하늘을 차 사맥질을

여자는 눈으로 하늘 보고
해녀는 궁둥이로 하늘 보고

여자는 나침반으로 방향을
해녀는 여를 찾아 방향을

여자는 시간에 의한 생활을
해녀는 물때에 의한 생활을

여자는 기상 예보에 날씨를
해녀는 자기 몸 상태로 날씨를

여자는 날씨에 흔들리고
해녀는 물살에 흔들리고

인생사는 너와 나
현실의 무대는 흙과 물

돈과 물숨

성게 까며
기왕지사 선물할 거면
선물할 성게를 했더니
왈
성게 잡아 봤느냐며
고단한 얼굴
눈을 부라린다

나는 움찔 먹먹

해녀의 시름

기쁨도
슬픔도
아픔도
괴로움도
망사리에
담고 담아
테왁에 몸 실어
물질로
시름 달랜다

덜컹

평상심에

해녀 사고

지어미가 겹칠 때

부활

썰물에 갯바위 해초
봄 햇볕에
바싹 마르고
건드리면 부서지고 가루가 돼도
밀물에
다시 일어선다
참고 견디니
해녀 심성

팬데믹

부모가 아파도
자식이 아파도
팬데믹이 길을 막는다

부모가 죽어도
내가 죽어도
팬데믹이 못 보게 한다

효도를 못 해도
효도를 안 해도
코로나19가 대신하는 세상

국경 없는
세균의 진화
인류는 팬데믹과의 무기 없는 전쟁

이젠

60대 아들이
90대 치매 어머니를 돌보며

생선찌개를 끓여
밥상 앞에서

내 어렸을 적
엄마는 나에게 살코기를 주고
엄마는 대가리만 먹었었다

이젠
치매 엄마는 살코기를
나는 대가리를
먹죠

지지 않는 꽃은 없더라

양지에서 핀 꽃
음지에서 핀 꽃

빨리 핀 꽃
늦게 핀 꽃

때가 되어 시들면
씨를 남기고 모두 지더라

삶의 소리

갓난쟁이의 울음소리

티격태격 지어미의 잔소리

해녀들의 턱밑 숨비소리

빔

명절 때면
출가물질 간
어머니

풍성한 때때옷
기다리던 시절

어머니 오실 때끔이면

몸도
마음도

풍성했었는데

이젠
뒤뚱뒤뚱
명절 쇠러
우도 떠나신다

섬과 태풍

섬보다
낮은 울타리

파도는
섬을 할퀴고

폭풍우는
섬을 덮치고

사람은
고립되고

태풍이
차지한 섬

이런 시를 쓰고 싶다

하늘처럼 높게

바다처럼 깊게

흙처럼 정직하게

흐르는 물처럼 겸손하게

해녀처럼 목숨 걸고

시인에게 시는

시인에게 시는
하늘이고 땅

시인에게 시는
낮이고 밤

시인에게 시는
달이고 별

시인에게 시는
밥이고 똥

시인에게 시는
사람이고 동물

시인에게 시는
삶이고 죽음

시인에게 시는
우주이고 영혼

감동의 소리

세상에서
가장 하고 싶은 말

사랑

세상에서
가장 듣고 싶은 말

행복

세상에서
가장 신뢰 있는 말

믿음

세상에서
가장 부르고 싶은 말

엄마

세상에서
가장 굳센 말

해녀

강영수

1950년 제주 우도 출생, 성산고등학교 졸업, 우도법인어촌계 및 제주시 수협 근무
북제주군의회 3대·4대 의원, 제주특별자치도 도서(우도)지역 특별보좌관

언론 기고집
《급허게 먹는 밥이 체헌다》 2006년, 《세상을 향한 작은 아우성》 2011년

수필집
《내 아내는 해녀입니다》 2013년, 《바다에서 삶을 캐는 해녀》 2016년(세종도서),
《암창개 온 어머니》 2021년

시집
《우도돌담》 2014년, 《해녀의 몸에선》 2017년, 《여자일 때 해녀일 때》 2018년,
《해녀는 울지 않는다》 2019년, 《해녀의 그 길》 2020년, 《우도와 해녀》 2021년,
《해녀의 기도》 2022년, 《바당 없으면 못 살주》 2023년, 《해녀와 불턱》 2023년

해녀와 불턱

2023년 11월 10일 초판 1쇄 발행

지은이	강영수
펴낸이	김영훈
편집	김지희
디자인	김영훈
편집부	이은아, 부건영, 강은미
펴낸곳	한그루
	제주특별자치도 제주시 복지로1길 21
	전화 064-723-7580 전송 064-753-7580
	전자우편 onetreebook@daum.net 누리방 onetreebook.com

ISBN 979-11-6867-127-0 (03810)

ⓒ 강영수, 2023

값 10,000원